호수를
베 고
잠들다

호수를
베 고
잠들다

초판 1쇄 인쇄 2020년 11월 05일
초판 1쇄 발행 2020년 11월 10일

지은이   선우미애
펴낸이   원미경
펴낸곳   도서출판 산책
        강원도 춘천시 우두강둑길 23
        Tel_033) 254-8912
        E-mail_book4119@hanmail.net

ISBN   978-89-7864-089-3

※ 이 책은 춘천문화재단 문화예술진흥지원금을 받아
   발간되었습니다.

호수를
베 고
잠들다

둘. 구름 걷히고 비 멎으니

셋. 눈물을 마시는 새

넷. 파도가 밀려오는 데 까닭이 있더냐

하나

강가의 아침

피어라, 꽃

피어라, 봄

피어라, 춘천

피어라, 춘천

연분홍 불꽃
소양호에 가득하다

순한 양떼처럼
지천마다 봄이다

피어라, 꽃
피어라, 봄

초막이나
궁궐이나
그 어디이든

피어라, 춘천

우두강둑길에서

하늘은 고요하게
땅은 따스하게

바람은 꿈을 꾸고
나는 하염없고

하얀 이불로 덮인 세상
강물보다 더 맑게

달의 발목
눈밭에 푹푹 빠지는 밤에

잠시 멈추어
쉬어가는
우두강둑길에서

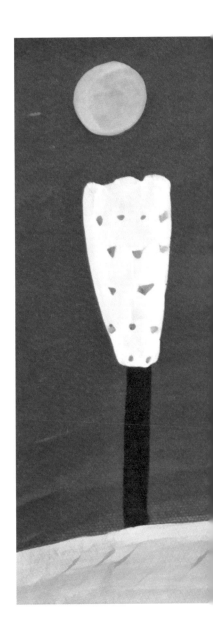

호수를 베고 잠든다

강원도 춘천詩

호수는 꽃을 탄생한다

햇볕을 쬐는 물속의 안개는
모락모락 꽃을 들어 올린다

바람이 노를 저으면
하얀 구름은 오리배 끌어가고

꽃향기 짙어지는 5월의 하순
오래된 골목길에 석양이 내리면

가만가만 올라앉은 그믐달 사이로
어린 감꽃의 얼굴
티 없이 붉다

강원도 춘천詩

눈감았다 뜨면
이내 사라질 것만 같은

흔희 환상 같은 곳
살아 숨 쉬는 것을
사랑하게 하는 곳

하여,
춘천은
풍경마다 詩다

호수를 베고 잠들다

강가의 아침

깊은 잠을 자고 난
강가의 아침은
아무도 걷지 않은 숫눈처럼
고요하다

창문을 여니
봄햇살 쏟아지듯 들어온다

구름 속으로 흐르는 저 강물아,
흐르고 흘러
외로이 높이 솟은
산의 그리움 전해다오

사람은 오질 않고
계절만 오는 구나

오늘밤
내 잠의 쓸쓸한 머리맡에 그대 꼭 오시길

호수에서의 편지

당신, 잘 계시지요?
당신 계신 하늘이 호수에도 있습니다

호숫가 맴도는 이 바람은
당신께서 보내신 숨결입니까

호숫가 아슴한 물결위로
달빛의 고요가 일렁이기 시작할 때
밤안개는 바람의 낱알처럼 피어오르고
수초 풀뿌리 사이로 올라오는 하얀 그리움은
마른 숨 고르며 멈추어 섭니다

광목천에 수놓은 별들의 단상처럼
그리움의 훈향 그윽하게 내리는 오늘

나는 당신을 부르오니
부디, 내 잠의 쓸쓸한 머리맡에 그대 오시길

오늘밤
내 잠의 쓸쓸한 머리맡에 그대 꼭 오시길

19살

내가 처음 춘천이란 도시를 만나게 된 것은
강원대학교에 입학한 여고친구를 따라서였다
구불구불 원창리고개 넘어 올 때
비닐우산 속에서 환한 웃음이 마중하고 있었다
철문 들이밀며 들어선 작은 방
물병에 꽂아둔 장미꽃이 비에 젖는 밤에
곱다란 이부자리에는
인생의 답을 찾기 위한 이야기로 꽃이 피어났다
날이 갈수록
하나 둘
꽃잎 시들기 시작하더니
인생의 답은 찾지도 못한 채
이순耳順을 바라보는 지금
그날 내리던 빗방울의 빗금은 희미해져 가지만
자취방 창가에 앉아있던 19살의 기억은
백야처럼 생생한데,

그리움이 너무 깊어 비가 되는 밤에

젖은 옷이 다 마르기 전에
반가운 그대가 올 것 같아요

가을과 겨울 사이

호수 향기 따라 길을 나섰어요
어룽어룽 안개비가 내려요
그 비 맞으며 노래를 불러요

비에 젖으면 투명해지는 꽃처럼
영혼이 맑아져요

젖은 옷이 다 마르기 전에
반가운 그대가 올 것 같아요

아무런 기별도 없던 그대가

11월에 떠났던 그대가

춘천詩 1

호수 위에 음악이 흐른다
물살에 동동동 떠다니다가
앙증맞게 쪼아 먹는 재롱둥이 아기오리
어떤 맛일까

마알간 하늘 위로 날고 싶은 걸까
하루 종일 떠돌던 아기오리궁둥이에
그윽한 달이 잠겼다

온 동네 가득 채운 저 달빛
모락모락 물속으로 스며들어
詩가 되었다

호수를 베고 잠들다

시월의 마지막 날, 춘천

푸른 하늘에 그려진
시월의 마지막 낮달은
누구의 그리움일까

햇빛 가득한 카페에서
가벼운 발걸음으로
강둑길을 걷는 사람들을
바라보는 일은
꽃차 한 모금처럼 맑다

그림 같은 하루에
점점이 말라가는 詩月을 그리다가

어디에서 온 걸까
코끝으로 불어오는
알싸한 바람에
11월의 뒤편으로 숨는
시월

27

춘천詩 2

흰눈보다 하얀 안개꽃 사이로
동동 오리배 한가로이 노닐고
구름 실은 바람은 노를 젓고
연인들의 웃음소리 호수에 퍼지어
한바탕 천지를 진동케 하니
이 곳이 무릉도원이요 천국이구나

호숫가 식탁 위에 석양이 내리면
금빛 초승달과 별들을 물에 말아
저녁 한 끼 거뜬하게 배를 채우니
목덜미 타고 들어오는 따뜻한 평화
멈추지 않고 돌아가는 시곗바늘처럼
강물은 흐르고 세월은 가는구나

멈추지 않고 돌아가는 시곗바늘처럼
강물은 흐르고 세월은 가는구나

작은 섬 하나 있습니다

누구에게나 기막힌 인생살이라 하더라도
춘천詩 서면 신매리에 있는
고산孤山의 외로움만 할까요

시간을 견뎌낸 당신 앞에서니
오만함을 내려놓아야 하겠어요

세월은 애잔하게 흐르고
보석처럼 빛나던 모든 것들도 사라지고
변하지 않는 것은 하나도 없으니
사람의 마음 또한 그러하겠지요

고산에서 시내로
사람을 실어 나르던 배는
이미 멈춘 지 오래고
그 세월 물에 잠기는 동안
섬은 점점 작아져
외톨이가 된 섬

달 비치는 술잔에
들어앉는 섬

나에게
그런 섬 하나 있습니다

춘천詩 3

소소한 풍경이 있는 고구마섬
마음이 아름찰 때 찾아가는
나의 쉼터입니다

저 멀리 도시와 물그림자의 경계선은
내 삶의 이 편과 저 편을 줄로 그어놓은 듯
복잡한 삶 속에서 고고孤高히 균형을 잡으라합니다

뒤뚱뒤뚱 물오리는 콕콕 호수를 찍으며
포드득 날갯짓을 합니다
그때마다 호수는 별꽃처럼 반짝입니다

물오리는 가끔씩 저만의 소리를 냅니다
평안은 모든 일의 근본임을 깨닫게 하는
詩 한 수 읊조리는 중인지도 모를 일입니다

섬의 아름다움은 마음의 속도를 늦추게 합니다
섬의 아름다움은 세월 따라 조금씩 변하겠지만
섬에 젖은 마음은 영원할겁니다

고구마섬: 춘천詩 신사우동에 있는 작은 섬

춘천에 가면

춘천에 가면
울적한 마음 적잖이 달랠 수 있는
수묵화 그림 같은 속 깊은 강물이
지난날 아픈 상처 말없이 다독여 주더라

첫눈이 내리면
제일 먼저 가고 싶은 곳
춘천에 가면
밤하늘 초롱이는 별들이
어울지게 모여 들더라

흐르는 강물이 그러하듯
흐르는 별들이 그러하듯
푸른 바람의 그리움이 그러하듯
되돌아 다시 한 번 걷고 싶은 길

춘천에 가면
폭포처럼 흐르는 나의 눈물줄기에
산새도 청솔모도 함께 울어주고
사라지는 붉은 노을과 함께

도란도란 세상사 이야기 할 수 있으니
비가 내리면 제일 먼저 가고 싶은 곳
춘천에 가면
강가에 피어오르는 물안개
자오록히 모여 들더라

흐르는 강물이 그러하듯
흐르는 별들이 그러하듯
푸른 바람의 그리움이 그러하듯
되돌아 다시 한 번 걷고 싶은 길

춘천에 가면
춘천에 가면

구름 걷히고 비 멎으니

동백꽃처럼

김유정 생가 실레마을에는
동백꽃 피고지고 피고 지고
노란꽃차 우려내는 해맑은 마음
어린 꽃으로 살그머니 오시어
유정의 라온 미소 동백꽃처럼

김유정 생가마을 실레마을에는
동백꽃 피고지고 피고 지고
아름다히 꽃잎 여는 꽃이나
때를 다하여 시든 꽃이나
흐름대로 살자하는 동백꽃처럼

호수를 베고 잠들다

나비야

햇빛 한 조각 문틈으로 들어온다
먼 하늘 끝에서
마음을 비우고 그 빛으로 채우니
입가에 떠오르는 미소가 곱디곱다
흙내음 맡으며 고달픔을 풀어내는
별빛 담은 나비 얼굴
행복이어라

나비야
나비야
꽃마중 가자
꽃마중 가자
나비야

저 홀로 인생길 깊어만 간다
문지방에 걸터앉아 바라보는 하늘아래
사람 사는 이야기 속삭이고 나니
살며시 되살아나는 사랑 한토막이 그립다
별빛 마당에 춤을 추는 나비들
피어나는 모든 것이 흥에 겨운
삶이어라

나비야
나비야
꽃마중 가자
꽃마중 가자
나비야

손 뻗으면 도란도란 별들과 친구 되니
나 비록 가난하여도 외롭지 않구나

춘천 가는 길

그대여 산 따라 물 따라 내게 오시려거든
세상의 탐욕일랑 버리고 오시게나

보이는 모든 것마다 그대의 꿈이요
숲속의 소리는 무욕의 가락이라

구름을 베개 삼아 하늘 보고 누우니
마음에 쌓인 시름 풀리어 가누나

손 뻗으면 도란도란 별들과 친구 되니
나 비록 가난하여도 외롭지 않구나

호수를 베고 잠들다

사각사각 풀밭 걷는 소리
토끼풀꽃 꽃반지 끼고
강촌에 살자 하네

강촌에 살자 하네

초록저고리
다홍치마
천지간의 꽃길 따라
강촌 가는 길

구곡폭포 물소리
시름을 잊자 하고
살랑대는 산들바람과
따스한 별들의 눈맞춤
우주를 돌고 돌아 마주한
우리들의 이야기

사각사각 풀밭 걷는 소리
토끼풀꽃 꽃반지 끼고
강촌에 살자 하네

책가방 속 그림책, 춘천

아장아장 어린아이가
그림책을 펼치고
옹알옹알 이야기를 한다

글이 없어도
무한한 이야기를 읽어내는 아이처럼
한 장 한 장 춘천의 풍경은
새들이 웃고
꽃들이 노래하고
어린 풀들과 함께 햇살을 마시고
바람의 옷을 입는 그림책이다

그림책 갈피마다
춘천을 넣었다

춘천은 책가방 속 그림책이다

호수를 메고 잠들다

춘천

춘천, 이라 부르니

연둣빛 사연들이

구름떼처럼 몰려온다

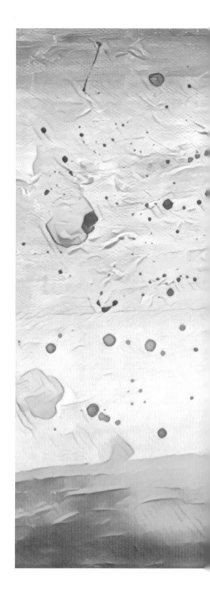

호수를 베고 잠들다

느랏재에서 별을 만날 때

흐드러진 별이 있었고
꽃불 켠 반딧불이 하늘을 날았다

소란하거나 요란치 않고
사소하며 소소했다

먹빛하늘에 별을 수놓고
바람 앞에 춤을 추는 그대

권태로운 일상에
고조곤히 나의 곁을 채우는 그대

바다 같은 하늘에
잊히지 않는 그대가 있어

나는 춤추는 고래가 되고
휴식을 꿈꾸는 나비가 되고

느랏재: 춘천詩 동면 감정리 고개

나는 춤추는 고래가 되고
휴식을 꿈꾸는 나비가 되고

춘천별곡

물오리의 꽁무니에
석양이 내린다
목련꽃 달빛 아래
詩들이 노닐고
초저녁 멍석자리에
초승달이 눕는다

봄꽃잎 소리에
詩가 내려 앉았다
수런수런 이야기꽃
살포시 피어나고
여윈잠 자던 꼬리별
잔잔하게 내려오는 강가

여여롭다

53

봄밤

춘천의 호숫가는
수천수만 개의 별들로
눈이 부시지

하얗게 큰 별
분홍빛 작은 별

토독토독 꽃별들
내 마음 꽃물 들게 하지

모두가 잠든 밤
나폴나폴 꽃별 하나 떨어지면
하늘에 계신 우리 엄마
나를 꼬옥 안아주러 오실까

살포시 방문 열어놓고 잠들어야지

◆

토독토독 꽃별들
내 마음 꽃물 들게 하지

하늘 아래 너른 뜰, 춘천

인생이란
흔들리며 피고지는 꽃이더라

바람에 흔들려야 꽃이 피더라
바람에 떨어진 꽃이어야 진정 아름답더라

흔들리다 죽는 것이 두려운 게 아니라
흔들림을 두려워하는 것이 더 두렵더라

꽃 진 자리에 열매 맺더라
떨어진 꽃이 없으면 열매 없더라

바람에 떨어진 꽃을 바라보니
그 꽃은 바보처럼 웃고 있더라

인생이란
바보처럼 피고 지는 꽃이더라

춘천은
꽃 피고 지는 너른 뜰이더라

◆

인생이란

바보처럼 피고 지는 꽃이더라

호수를 베고 잠들다

구름 걷히고 비 멎으니
마음의 풍경으로 보이는

구름 걷히고 비 멎으니

공지천을 걷다가 조각공원을 지나면
하늘길이 열려있다

차가운 소낙비가 지나고
맑은 하늘에 쌍무지개가 떴다

비를 머금은 나무들의 눈빛
아이들처럼 해맑다

눈물과 한숨이 없는 세상이 올 것 같다

아직은 초여름
유월의 숲 냄새가 살랑거렸다

구름 걷히고 비 멎으니
마음의 풍경으로 보이는

춘천詩

버선발

뜰에 핀 목련꽃의 뿌리를 생각한다
한 줌 흙속에서 지탱하고 있는
저 깊은 생명
언 땅 진동시키며
죽음과의 사투를 견디어 내고
잎살 갉아먹으며 피어난
버선발 모양의 백목련
봄의 숨결 속에서 하르르 춤을 춘다

깜깜한 밤 좁은 골목길 돌아
사분사분 걸어오시던
엄마의 발걸음처럼 곱고 희다
아무리 힘들거나 지난하다 해도
포기하거나 좌절치 않았던 엄마
그녀의 양분타고 자라는 아기처럼
물오른 목련꽃잎 휘영청 하도 밝으니
버선발로 맞아주시던 엄마 생각 간절하다

– 춘천詩 우두동골목길에서 목련꽃을 바라보며

호수를 베고 잠들다

셋

눈물을 마시는 새

호수에 비 내린다

천리 길 멀고도 먼 길
그대 혼자 남겨 두고
돌아앉은 이 내 마음
마음 둘 길 없구나

호수에 홀로 앉아
밤새 눈물 흘리니
하늘도 내 맘 같이
함께 울어 비 내린다

묘묘히 그립다

너의 얼굴은
탱자나무 울타리에 내려앉은 달보다 예뻤다
네가 살고 있는 하늘나라, 그 동네에도
사립문에 생울타리 엮고 사는지
휘영청 소양강에 떠오른 달
호수에 출렁일 때
달의 귀퉁이에서 떠오르는
너의 얼굴

묘묘히 그립다

달의 귀퉁이에서 떠오르는
너의 얼굴
묘묘히 그립다

호수를 베고 잠들다

춘천역

용산역에서 춘천행 itx기차표를 샀다
구름처럼 떠밀리어 구입한 입석표 한 장
흔들흔들 세월 따라 간이역에 섰다가
정해놓은 운명처럼 다시 떠나가는 기차
창틀 사이 스미는 차가운 바람에
온난전선으로 촉촉해진 눈가에는
당신과 헤어진 기억 다시 선명하고
웃음 지으며 두 눈 감고 바라보는
명목瞑目의 세상
다시 되돌아보아도
돌아갈 수 없는 흑백필름 같은 기억
어느새
쏜살같이 달려온 종착역
포장된 시멘트 위로
세차게 비는 내리고
나는 우산 없이 발걸음을 옮기고

포장된 시멘트 위로

세차게 비는 내리고

나는 우산 없이 발걸음을 옮기고

겨울숲길을 간다

눈발 올올이 땋아 내리는
겨울숲길을 간다

겨울숲길은
요란하지 않고
겨울하늘은
추울수록 눈이 부시다

손발 시린 것쯤이
뭐 그리 대수이랴
봄 여름 가을을
잘 이겨낸
겨울이지 않던가

눈 덮인 우물가
고요히 은총 내려오는
겨울숲길을 간다

우물가: 실레마을 김유정 생가 내 우물

호수를 베고 잠들다

오리의 고독

그날은
비가 개이고
날씨 맑은 오후였다
보온병에 커피를 담아
고구마섬으로 갔다
해넘이가 시작되는 시간에
가끔씩 찾아가는 작은 섬이다
물오리의 날개가 눈물에 젖고 있었다
세상의 모든 것에는 사연이 있고 이유가 있을 테다
무슨 일이 있는 건지 묻지 않았다
햇살 녹아든 강물에
오리는 혼자였다
외로움을 들킨 모양새다
물오리의 날개 속에
고독이 숨어있다

슬픔 고통 아픔 괴로움 두려움이 그치지 않는
세상을 살아가는 세상에서

머무는 것이 더 힘들까
떠나는 것이 더 힘들까

고구마섬: 춘천詩 사농동에 있는 소소한 섬

호수를 베고 잠들다

눈물을 마시는 새

춘천휴게소를 지나
원창리고개를 넘어가는 길쯤에서
불현듯 당신 생각이 났어요

그날 해넘이가 등 뒤로 뜨근해져 올 때
이젠 당신이 떠나야한다는 걸 예감 했거든요

수많은 밤 빌어볼 시간도 주지 않고
당신은 그렇게 쉽게 떠났는데
잊는다는 것은 그리 쉽지 않아요

고된 하루를 마치고
저녁이 오는 시간이 힘든 게 아니라
당신 향한 마음이 커지는 게 힘이 들어요

당신은 춘천을 참 좋아했는데
호수에 빠진 저 달 때문이었나요
문득 올려다본 하늘에 당신이 있네요

당신과 함께
웃기도 하고
울기도 했었는데

당신 없는 오늘은
울고 싶어도 눈물이 나지 않아요

가슴에 눈물을 마시는 새가 사는 까닭이에요

비우는 달

초롱초롱한 별들 중에
유독 눈에 띄는 별
넋을 놓고 내려다보다

드리운 낚싯대에
달이 걸렸다

낚싯줄 끝에 매달려오는
그믐달

욕심 없이
내어주는 삶이라서 일까

티 없이 맑다

◆

욕심 없이
내어주는 삶이라서 일까
티 없이 맑다

호수를 베고 잠들다

사라진 위도

영원토록 곁에 있어주겠다는 말은 하지 말아요
당신 또한 흘러가는 물처럼
사라지고 말 테니까요
함께 있을 때만이라도
행복했던 순간들 기억으로 남길 수밖에요

미래를 향한 배를 띄우자는 말은 하지 말아요
당신 또한 원형을 잃고
홀연히 사라질 테니까요
이제는 돌이킬 수 없는
아름다운 날들만 기억할 수밖에요

사라진 위도처럼,

위도: 춘천詩 서면 신매강변길에 있는 섬

세상에서 가장 슬픈 병

화요일 아침, 복지센터로 가는 날이다
차츰차츰 기억을 잃어가는 어르신들을 만나러 간다
어르신들은 어린 시절 이야기나
사랑했던 사람의 이야기나
자식과 손주 이야기를 할 때마다
화색이 만연하다
슬픔과 절망의 기억들이 너무 무거웠던 탓일까
아름다웠던 기억들만 남아가는 중이다
내일은 얼마만큼의 기억을 하고 계실까
인생의 가장 아름다웠던 순간으로
기억을 좁혀갈 것이다

도무지 알 수 없는 먼 훗날,
세상에서 가장 슬픈 병으로
하나씩 잊어야 할 때가
내게도 온다면
마지막으로 내게 남겨진 것은
무엇일까

소양1교

그 옛날,
전쟁이라는 끔찍한 일이 일어났고
어머니는 곧 돌아오리라는 믿음으로
아들을 전쟁터에 보냈다
많은 아들들은 돌아오지 못했다
앙상한 갈비뼈 모양을 한 교각에는
존재를 증명하는 총탄자국
애잔한 꽃으로 피어있다

홍시색 노을빛이 감도는
저기 저 다리 끝
절규하며 쓰러져 갔을
아픈 다리엔
온몸으로 통곡하는 들꽃
낭자히 흐드러지고
예술적 영감을 수혈해 주는 강물만
유유히 흐르고 있을 뿐이다

온몸으로 통곡하는 들꽃

낭자히 흐드러지고

예술적 영감을 수혈해 주는 강물만

유유히 흐르고 있을 뿐이다

헐거운 봄볕

봄볕이
여린 미소처럼 내릴 때
나도 봄볕이고 싶었습니다

겨울을 녹이고
봄을 밝히는
따스함이고 싶었습니다

헐거운 봄볕처럼
더 가벼워져야 하겠습니다

호수를 베고 잠들다

11월

내가 사랑했던 사람
당신께서 업어 가시던 날은
저무는 11월이었습니다

낙엽 한 장
바람에 휘 날아가듯
대수롭지 않게요

나란히 누워있는 볏단처럼
나도 그 사람 곁에 눕고 싶었지요
하나 다시 하나
11월처럼요

그 사람 흙으로 묻고 와서는
내가 사는 이곳에서
그 사람 떠난 먼 곳까지

밤하늘의 별 하나 바라보며
그 사람 웃음소리 들려오는

11월의 밤, 춘천에서

하나 다시 하나

11월처럼요

호수를 베고 잠들다

파도가 밀려오는 데
까닭이 있더냐

호수를 베고 잠들다

그렇게 입을 벌리고 웃었다
푸른 호숫가에서 빛깔 고웁게 웃었다
춘천의 호숫가, 평화로운 이곳에서
물오리의 까르르 웃는 소리 듣는다

어느 하루,
하염없이 떠다니는 구름 한 점의 풍광이
호수에 풍덩 빠져 있다

내 눈을 스치는 물오리의 자맥질에서
삶의 숨결 헤집고 솔솔 피어오르는
어머니의 그리움을 보았다

정갈한 호수에 발을 담그고
긴 침묵으로 새어나오는 웃음 사이로
젊은 날의 어머니 모습이 보인다
보랏빛 바람으로 흐르는 호숫가의 물결은
엄마의 젖줄이다

가냘프게 웃으시던 엄마가 더욱 그립다

그렇게
호수를 베고 잠이 들었다

그리고 그 다음에는

선생님
제가 커서 어른이 되면
돈을 많이 벌고 싶어요

그 다음에는?
멋지고 예쁜 집을 지을 거예요

그리고 그 다음에는?
결혼을 하고 예쁜 아이도 낳을 거예요

그리고 그 다음에는?
자식이 자라는 모습을 보고
행복해 할 거예요

그리고 그 다음에는?
아이도 결혼을 하게 될 것이고
제게 손주를 안겨 주겠지요

그래
그때쯤이면 너도 많이 늙어있겠구나

그리고 그 다음에는?

– 누구나 맞이하는 죽음을 생각하며

나는 고아가 아닙니다

빛과 어둠을 나누시기 이전부터 존재하시어
그 빛을 낮이라 하셨으며
그 어둠을 밤이라 칭하셨던
주여,
하물며 너일까 보냐 하시는 당신의 음성을 듣고 싶습니다

염려 많은 세상에서 염려치 않게 하소서
소년 다윗이 골리앗의 세상에서 견디어 낼 수 없을 때
당신은 말씀하십니다
너는 고아가 아니다
너에게는 견고하고 든든한 아버지가 있지 않느냐

다윗처럼 돌팔매질의 승리를 고백하는 하루되게 하소서

강물 위에 닿았다가 튕겨 오르는 별빛이
유리창에 비치는 어두운 밤
나의 모습이 보입니다

아버지,
나의 아버지여!
나는 고아가 아닙니다

호수를 베고 잠들다

민낯

구봉산 언덕에 올라서니
빽빽한 십자가 앞에서
나의 민낯이 보입니다
남의 허물에 대하여 함부로 지적했던
나의 모습이 보입니다
코로나19라는 지독한 바이러스로 인하여
내 마음의 열정과 생명이
바람 빠진 고무풍선처럼
무기력한 모습이 되었습니다

두 편으로 나누어진 나라
두 편으로 나누어진 교회
내 편 네 편으로 나누어진 사람들
모두 맛을 잃은 소금이 되었습니다

부끄러운 민낯을
전부 드러내게 하신 당신이지 않습니까

당신 없이 혼자서는
아무것도 할 수 없다는 것을

고백하오니
아득하기 만한 벼랑 끝에서
나의 손 꼭 잡아 주시고
때를 분간하는 안목의 지혜와
시대를 놓고
올바르게 분별할 줄 아는 통찰력으로
새 옷을 입혀주소서
평화의 꽃길을 열어주소서

마음을 흔들고 간 그 여인,
바라만 보다가 죽어도 될
그 여인을

고산孤山

춘천 상중도에 사는
고독을 품고 있는 작은 산
사람이 살지 않았을 아주 옛날에는
돌고래가 헤엄치고 다녔던
큰 바다였을 지도 모를,

사방으로 트인 섬에서
푸른 파도 밀려와도
배를 띄웠던 어부는
긴 머리 내려땋은 여인을
기다리고 있었을 지도 모를 일이지요

마음을 흔들고 간 그 여인
바라만 보다가 죽어도 될
그 여인을,

나는 세상에서 잊히고

유리창 너머 햇살은
눈이 부시고
앞산 봉의산에 걸친 구름도
이내 걷히겠지요

사라지는 저 구름처럼
나 또한 곧 잊힐 테고요

어둠과 밝음의 빗금은
어깨를 나란히 하고
강물 속으로 유영하는
물오리의 꼬리는 흔들리고

하루가 흐르고
세월이 흐르고
나는 세상에서 잊히고

봉의산: 춘천詩 우두동에서 바라보이는 산

호수를 베고 잠들다

키 작은 어린 아이와 눈을 맞추게 하고
가난한 사람들과 체온을 나누게 하시는 당신

길동무

아지랑이 모락모락 피어나는
추곡교회 뜰에서
길동무를 만났습니다
오르던 발걸음 멈추고
당신의 십자가를 바라봅니다
다만 악에서 나를 구하시고자
나란한 어깨 함께 하시는 당신,
키 작은 어린 아이와 눈을 맞추게 하고
가난한 사람들과 체온을 나누게 하시는 당신,
막다른 골목에 선 도망자처럼
달리 도리가 없어 막막할 때
질끈 두 눈을 감고
바뀌지 않는 현실에서 발버둥 칠 때
잠잠히 기다려주는 당신,
긴 시간이 지나도
여전히 나란하게 내 옆에 계십니다

추곡교회: 춘천詩 북산면에 있는 교회

너 마저 가버릴까 봐

그럴까 봐

당신의 손을 놓치고

춘천의 호숫가에서
오리는 먼 산을 바라봅니다
어디에서 나타난 건지
생명줄을 놓치고 방황 중에 있는 건지
알 순 없지만
얼굴에 생기 없는 오리는
내 마음 어찌 알고
날갯짓을 합니다

나의 삶은 온통 당신뿐이기를 바랐는데
당신의 손을 놓치고 나 또한 길을 잃었습니다

오리처럼,

고요를 타고
강물은 흐르는데
오리는 내게 말합니다

너 마저 가버릴까 봐
그럴까 봐

욕심을 쟁이지 않으려고

욕심을 버리고 싶은데
맘대로 되지 않을 때

아욕我慾을 버리고 흐르는 세월처럼
졸졸졸 봄을 따라 갑니다

나의 하루에 욕심을 쟁이지 않으려고
긴긴 겨울 타고 오는 꽃을 따라 갑니다

하루하루
제 몸을 깎아내는
그믐달처럼

언덕이거나
골짝이거나
무한히 흐르는 강물이거나

나의 하루에 욕심을 쟁이지 않으려고
긴긴 겨울 타고 오는 꽃을 따라 갑니다

춘천의 봄은 그리움이다

춘천의 봄은
굼실굼실 그리움이다

나붓나붓 따라오는
나비의 날갯짓이며

사분사분 피어나는
꽃잎이다

깊은 밤
홀로 떠있는 달빛이며

솜솜히 속삭이며 반짝이는
봄내春川의 향기이다

호수를 베고 잠든다

파도가 밀려오는 데 까닭이 있더냐

당신께서 사랑하시는 자가 병들었나이다
누구의 죄입니까
누구의 죄도 아니다

사랑하는 자녀에게 왜 병을 주시나이까
나의 죄입니까
너의 죄도 아니다

장님으로 태어난 사람이 죄 때문이었다면
세상에 장님 아닌 사람이 없을 것이고
귀머거리로 태어난 사람이 죄 때문이었다면
세상에 귀머거리 아닌 사람이 없을 것이다
인생은 어떤 삶에도
묵묵하게 순종하며 사는 게 아니겠더냐

파도가 밀려오는 데 어디 까닭이 있더냐

– 그 날 응급실의 병실은 차가웠고 춘천의 밤하늘은 안개가 자욱했다

파도가 밀려오는 데 어디 까닭이 있더냐

호수를 베고 잠들다

햇살처럼 누웠다

하늘 창가 끝으로 햇살처럼 누웠다
한 계절의 가을이 가고 겨울이 지나
네가 내게 올 때까지 꼼짝하고 싶지 않다

나는 벌거벗은 겨울자작나무처럼 차갑다
어디를 둘러보아도 화창한 햇살인데
나는 막다름으로 추웠다
세상에 살다보니
수만 가지 경우의 한 수가 내게도 왔다

그것은 비단 내게만 찾아온 것만은 아닐진대
그대와 뜻밖의 이별이 난 버겁다
슬픈 영화 한 편 끝나고 앉아있는 시간처럼
마른 땅을 적셔내는 비처럼 울어내도 개운치 않다

하늘창가 끝으로 가니
봉의산이 보이고
강물이 보이고
그 사이에 나는
햇살처럼 누웠다

하늘창가 끝으로 가니
봉의산이 보이고
강물이 보이고
그 사이에 나는
햇살처럼 누웠다

호수를 베고 잠들다

춘천이 그리움이 되고 시가 될 때
– 선우미애의 춘천詩

서길헌 파리1대학 조형예술학박사/미술평론가

  춘천. 그곳은 시인이 "첫눈이 내리면 제일 먼저 가고 싶은 곳"이고, "비가 내리면 제일 먼저 가고 싶은 곳"이며, 늘 "되돌아 다시 한번 걷고 싶은 길"이다(〈춘천에 가면〉). 그 춘천을 한글로 풀어쓰면 '봄내(春川)'가 된다. 봄이 흐르는 시냇물(春川), 춘천은 곧바로 시이다. 하여, 춘천시(市)는 춘천시(詩)가 되고 '봄내'의 시(詩)가 된다.

  춘천은 선우미애 시인의 시에서 우두강둑길, 원창리고개, 고산(孤山), 고구마섬, '나비야' 게스트하우스, 느랏재, 김유정 생가 우물, 고슴도치섬, 봉의산, 추곡교회, 소양1교 등의 실명으로 춘천시(詩)의 사실적 무대로서 시의 곳곳에 등장한다.

  하지만, 이토록 구체적인 춘천은 무엇보다도 시인에게 "환상 같은 곳"이다. 왜냐하면, 그곳은 "눈감았다 뜨면 이내 사라질 것만 같은 곳"이기 때문이다. 그래서 "살아 숨 쉬는 것들을 사랑하게 하는 곳"이고 "풍경마다 시(詩)"가 되는 곳이다. 그곳에서 호수의 안개는 햇볕을 쬐며 "모락모락 꽃을 들어 올"려 "꽃을 탄생"시킨다(〈강원도 춘천詩〉). 이렇게 꽃을 들어 올리는 시인이자 마술사이기도 한 호수를 품은 춘천은 또한 "물오리의 꽁무니에/석양이 내(리고)/목련꽃 달빛 아래/시(詩)들이 노(니는)" 시(詩)의 낙원이다(〈춘천별곡〉).

또한, 그곳에서는 "사각사각 풀밭 걷는 소리"가 "토끼풀꽃 꽃반지 끼고/강촌에 살자"(〈강촌에 살자 하네〉)고 부르기도 하고 시인을 "눈 덮인 우물가/고요히 은총 내려오는/겨울숲길"로 가만히 이끌기도 한다(〈겨울 숲길을 간다〉).

그곳 춘천에서 그녀가 시를 통하여 늘 마주하는 것은 상실감과 그리움이다. 상실감은 그곳에서 잃어버린 누군가로부터 연유하기도 하고, "홀연히(...)/사라진 위도처럼"(〈사라진 위도〉), 또는, "하염없이 떠다니(다가)/호수에 풍덩 빠져 있"는 "구름 한 점의 풍광"처럼(〈호수를 베고 잠들다〉), 그 상실감을 환기하는 어떤 풍경과 더불어 다시 찾아오기도 한다. 때로 그것은 유년기의 "돈을 많이 벌고/멋지고 예쁜 집을 (짓고)/결혼을 하고 예쁜 아이도 (낳고)/자식이 자라는 모습을 보고/행복해할 거(고)/(그 아이가 또 결혼해서) 손주를 안겨(줄)" 거라던 꿈들이 "그때쯤이면 너도 많이 늙어있겠구나"라는 예견된 미래처럼 "누구나 맞이하는 죽음을 생각하"는 현재 시제에 이르러 '춘천에서' 문득 빠지게 되는 시간에 대한 상실감으로도 나타난다(〈그리고 그 다음에는〉).

이 상실감은 자연스럽게 잃어버린 대상에의 그리움으로 나타난다. 춘천에서 그녀는 무엇을 잃어버렸을까. 이 시집의 여러 편의 시에서 시인은 잃어버린 누군가를 그리워하는 안타까운 심정을 노래한다.

너의 얼굴은

탱자나무 울타리에 내려앉은 달보다 예뻤다

네가 살고 있는 하늘나라, 그 동네에도

사립문에 생울타리 엮고 사는지

휘영청 소양강에 떠오른 달

호수에 출렁일 때

달의 귀퉁이에서 떠오르는

너의 얼굴

묘묘히 그립다

― 〈묘묘히 그립다〉 전문

　　시적 이인칭 상대자인 "너"를 향한 이 "묘묘"한 그리움은 아무리 "발
버둥"쳐도 바뀌지 않는 현실에서는 결코 닿을 수 없지만 "나란히 어깨
(를) 함께" 하는 "길동무"인 "당신"은 그녀를 "잠잠히 기다려"준다(〈길
동무〉). 이렇게 그녀의 시에서 이인칭으로서의 "당신"은 때로는 시적
화자의 말을 오롯이 들어주는 너그러운 구원자이거나, "호수에 맴도는
(…) 바람(을) 숨결(처럼) 보내신" "하늘에 계신" "당신"이자 "(시인의)
잠의 쓸쓸한 머리맡에 꼭 오시길 (시인이) 기다리는 "그대"로도 나타난
다(〈호수에서의 편지〉). 시적 화자에게 "그대"는 또한, "바다 같은 하
늘에/잊히지 않는" 그리움이기도 하다. 이때 그리움은 구원자에 대한
든든한 믿음이나(〈길동무〉), "수초 풀뿌리 사이로 올라오는 하얀"처럼
시각적이고, "그리움의 그윽한 훈향"처럼 후각적인 것이 공존하는(〈호
수에서의 편지〉) 공감각으로 변용된다. 시인에게 그리움은 잃어버린

상실감을 투사하고 보상하는 시적 시선으로서 때로는 하늘 높은 곳에서 아래를 내려다보며 미소 짓고 보듬어주는 전지적 시점으로 상정(想定)되고 있다. 혹은, 그러한 그리움의 대상은 시인에게 "모두가 잠든 밤/나폴나폴 꽃별 하나 떨어지면/나를 꼬옥 안아주러 오실까/살포시 방문 열어놓고 잠들"게 하는 "하늘에 계신 우리 엄마"가 되기도 한다(〈봄밤〉).

그리하여, 그리움은 어느덧 화자에게 "눈물과 한숨이 없는 세상이 올 것 같"은 희망으로 승화되기에 이른다(〈구름 걷히고 비 멎으니〉). 그 희망은, 호수를 끼고 넓은 잔디밭과 산책로와 카페 등이 있어 춘천 시민들의 휴식공간으로 마련되어있는 "공지천을 걷다가 조각공원을 지나면" 만나는 "하늘길(로 그녀에게) 열려있다"(구름 걷히고 비 멎으니). 그곳에는 "차가운 소낙비가 지나고/맑은 하늘에 쌍무지개가 (떠 있고)/비를 머금은 나무들의 눈빛(이)/아이들처럼 해맑(아서)/(...)/아직은 초여름/유월의 숲 냄새가 살랑거(리고)/구름 걷히고 비 멎으니/(춘천은 곧) 마음의 풍경으로 보이는/춘천시(詩)가 된다(구름 걷히고 비 멎으니). 춘천은 이렇게 저 홀로 시가 되기에,

> 춘천, 이라 부르니
> 연둣빛 사연들이
> 구름떼처럼 몰려온다(.)

– 〈춘천〉 전문

아니면, "춘천은/꽃 피고 지는 너른 뜰이(되기도 한다)(〈하늘 아래 너른 뜰, 춘천〉). 그래서 그 이름처럼 봄내(春川)인 "춘천의 봄은/굼실굼실 (피어오르는) 그리움이(며)//나붓나붓 따라오는/나비의 날갯짓이며//사분사분 피어나는/꽃잎이다(.)(그리고)//깊은 밤/홀로 떠있는 달빛이며//솜솜히 속삭이며 반짝이는/봄내(春川)의 향기이다"(〈춘천의 봄은 그리움이다〉). 이 시에서 선우미애 시인은 "솜솜히"라는 아주 어여쁜 우리말을 세심하게 골라 쓰고 있어서, '잊히지 않아 눈앞에 어른거리는 것 같이'라는 그 말뜻처럼, 말 한마디에 애절한 그리움을 은연중에 효과적으로 담고 있는데, 이 부사는 그녀의 바로 이전의 그림 시집 "〈〈'솜솜히' 사모하여 꽃이 되는 소리〉〉"에서처럼 시인이 가진 그리움의 깊이와 울림을 절묘하게 함축하여 발산하고 있다.

그러한 그리움은 호수의 도시 춘천에서 시인에게 "(호수에 떠 있는) 물오리의 자맥질에서(도)/삶의 숨결 헤집고 솔솔 피어오르는 어머니의 그리움을 (보게 한)다". 그 "호숫가"에서 "보랏빛 바람으로 흐르는 물결"을 보며 시인은 그것이 "엄마의 젖줄"임을 알게 된다(〈호수를 베고 잠들다〉). 그래서 춘천의 호수는 시인으로 하여금 "가냘프게 웃으시던 엄마(를) 더욱 그립"게 하고, 종국에는, "그렇게/호수를 베고 잠이 들"게 한다.

마침내, 그녀에게 춘천시(詩)는 어느 날 밤 "온 동네 가득 채(우고)/(…)/모락모락 물속으로 스며들어/시(詩)가 (된)(〈춘천詩1〉) 달빛이기도 하고(…), (어느 날) 푸른 종이에 그려진/시월의 마지막 낮달은/누구의 그리움일까"(〈시월의 마지막 날, 춘천〉) 하고 그리워하게 만드는 '솜솜한' 그리움이 되기에 이른다. 그래서 "시월의 마지막 날, 춘천"에서 시월(十月)은 "하늘에 점점이 말라가는 시월(詩月)"이 된다. 이렇게, 시인에게 춘천은 그리움이 되고 시가 된다.

　이 시집에서 시인은 이전 그림시집에서와 같이 손수 시 한 편마다 시를 쓰는 마음으로 물감을 풀어 붓으로 호수와 풀밭과 꽃과 나무를, 나비와 새와 고양이와 오리와 물고기를, 그리고 하늘과 구름과 달과 별을 동화와 같은 분위기의 밝은 색깔로 그려 넣고 있다. 때로는 활짝 핀 노란 꽃을 배경으로 펼쳐진 호수에 수평선을 가로지르며 외로운 섬 하나가 떠 있고 그 위로 파란 하늘이 펼쳐져 있다. 이런 풍경들은 시인이 그동안 춘천에서 애정 어린 눈으로 수없이 보아온 정겨운 모습들이기에 좀 더 친근하게 느껴진다. 그래서 선우 시인의 그림들은 그녀의 시가 담고 있는 고즈넉한 그리움의 정서와 매우 잘 통하고 있다. 이렇게 하나하나의 그림들은 각각의 시와 적절히 조응하며 시가 살아 숨 쉬고 뛰노는 공간으로 주어져 "호수를 베고 잠(든)" 춘천시(詩)의 그리움을 한층 더 넓고 깊게 공명시키고 있다.